베스트 한국 전래 동화 30

은혜 갚은 호랑이

글 조항록 ㅣ 그림 윤덕진

찌르르찌르르, 뻐꾹뻐꾹!
깊고 깊은 산골 마을에 착한 의원*이 살고 있었어요.
의원은 산에서 약초*를 캐 두었다가
아픈 사람이 찾아오면 정성껏 치료해 주었지요.
또 굶주리고 다친 동물들도 잘 보살펴 주곤 하였어요.

*의원 : 의사와 의생(한방 의술로 병을 고치는 일을 하는 사람)을 아울러 이르는 말.
*약초 : 약이 되는 풀.

휘잉휘잉!
찬 바람이 부는 어느 겨울날이었어요.
의원은 방 안에서 약초를 썰고 있었지요.
그 때 누군가 부르는 소리가 들렸어요.
"도와 주세요! 의원님."
"이런, 누가 또 병이 났나 보네."
의원이 혀를 차며 방문을 열어 보니
아기호랑이가 오들오들 떨고 있었어요.

'이크, 호랑이잖아!'
의원은 화들짝 놀라 그만 그 자리에
'쿵!' 하고 주저앉았어요.
의원이 벌벌 떨며 얼른 문을 닫으려는데
아기호랑이가 울먹이며 말했어요.
"제발 도와 주세요! 아버지가 많이 아프세요."
아기호랑이의 눈에 눈물이 그렁그렁 맺혔어요.
의원은 아기호랑이의 간곡한* 부탁을
차마 모른 체할 수 없었어요.

*간곡한 : 간절하고 극진한.

8

"아기호랑이야, 이리 들어오렴."
의원은 가까스로 용기를 내어 말했어요.
"대체 네 아빠가 어디가 아프다는 거냐?"
"커다란 뼈가 목에 걸려 아무것도 못 잡수세요."
아기호랑이는 눈물을 흘리며 말했어요.
'잘못하면 호랑이 밥이 될지 몰라.
그렇다고 그냥 둘 수도 없고……'
의원은 곰곰이 생각에 잠겼어요.

마침내 의원은 결정을 내렸어요.
"그래, 함께 가 보자꾸나."
"고맙습니다, 의원님!"
아기호랑이는 절을 꾸벅꾸벅 했어요.
"부모를 위해 나를 찾아온 네가 참 기특하구나*!"
의원은 아기호랑이와 함께
깊은 산 속으로 성큼성큼 걸어갔어요.

*기특하다 : 신통하고 귀엽다.

13

어느 산 중턱의 어두컴컴한 동굴 속에서
커다란 호랑이가 끙끙 앓는 소리를 내고 있었어요.
"아버지, 의원님을 모셔 왔어요. 이제 걱정 마세요."
아기호랑이가 밝은 목소리로 아빠호랑이에게 말했어요.
'목에 걸린 뼈를 빼내려면 호랑이 입 속에
손을 넣어야 하는데, 괜찮을까?'
의원은 걱정이 되어 다시 가슴이 콩콩 뛰었어요.

의원은 호랑이에게 조심스럽게 다가갔어요.
"어디……, 입을 '아!' 하고 벌려 보렴."
호랑이는 들릴 듯 말 듯 '어흥!' 소리를 내면서
입을 쩌억 벌렸지요.
'그래, 정신만 똑바로 차리면 살 수 있어.'
의원은 호랑이의 입 속을 여기저기 살펴보았어요.

호랑이의 목구멍에 깊숙이 박힌 뼈를 발견한
의원은 손을 쑤욱 집어 넣었어요.
"자, 움직이면 안 된다. 아프더라도 꾹 참으렴.
금방 내가 빼내 줄 테니까."
덩치 큰 호랑이가 아픔을 못 이겨
눈물을 뚝뚝 흘렸어요.
아기호랑이가 걱정스런 눈으로
이 모습을 멀뚱멀뚱* 바라보았지요.

*멀뚱멀뚱 : 눈을 멀거니 뜨고 정신 없이 있거나 물끄러미 바라보는 모양.

18

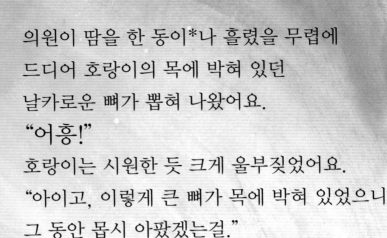

의원이 땀을 한 동이*나 흘렸을 무렵에
드디어 호랑이의 목에 박혀 있던
날카로운 뼈가 뽑혀 나왔어요.
"어흥!"
호랑이는 시원한 듯 크게 울부짖었어요.
"아이고, 이렇게 큰 뼈가 목에 박혀 있었으니
그 동안 몹시 아팠겠는걸."
의원은 가지고 간 약초를 찧어 즙을 내어서
호랑이의 상처에 정성껏 발라 주었어요.

*동이 : 둥글고 배가 부르며 양 옆에 손잡이가 달린, 물 긷는 데 쓰는 그릇.

호랑이는 의원에게 넙죽 절을 했어요.
"의원님, 이 은혜는 절대 잊지 않겠습니다."
의원은 흐뭇한 마음으로 짐을 꾸려
산길을 내려왔어요.
'자기를 구해 줬다고 고마워하는 걸 보면
비록 짐승이라도 못난 사람보다 훨씬 낫구나.'
아기호랑이는 먼 곳까지 의원을 배웅했어요.

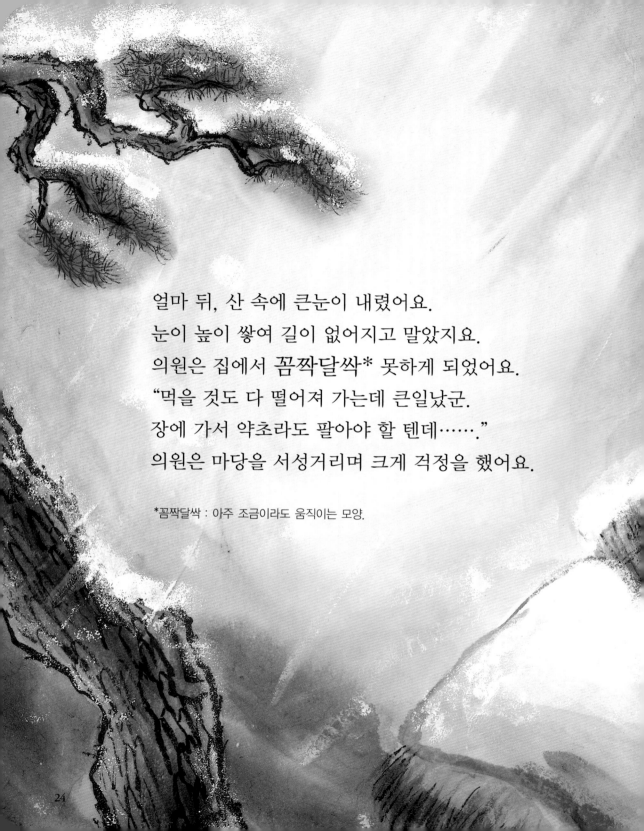

얼마 뒤, 산 속에 큰눈이 내렸어요.
눈이 높이 쌓여 길이 없어지고 말았지요.
의원은 집에서 꼼짝달싹* 못하게 되었어요.
"먹을 것도 다 떨어져 가는데 큰일났군.
장에 가서 약초라도 팔아야 할 텐데……."
의원은 마당을 서성거리며 크게 걱정을 했어요.

*꼼짝달싹 : 아주 조금이라도 움직이는 모양.

그러던 어느 날, 수북히 쌓인 눈밭 위로
호랑이 두 마리가 걸어가고 있었어요.
"얘야, 어서 가자. 눈이 많이 와서
의원님 집에 먹을 것이 다 떨어졌을 거야."
"네, 아버지!"
그들은 다름 아닌 아빠호랑이와 아기호랑이였어요.
아빠호랑이는 살찐 멧돼지를 등에 지고 있었지요.
아기호랑이는 아빠호랑이 곁에 찰싹 달라붙어
종종걸음*으로 걸었어요.

*종종걸음 : 발을 가까이 자주 떼며 급히 걷는 걸음.

27

'쿠웅!' 하는 소리에 깜짝 놀라
의원은 방문을 열고 밖으로 나갔어요.
그런데 마당에 커다란 멧돼지가 놓여 있지 뭐예요!
"아니, 이게 웬 멧돼지예요?"
의원의 아내가 깜짝 놀라 소리쳤어요.
의원은 두리번두리번 주위를 살피다가
사립문* 밖에 있는 호랑이들을 보았어요.
"너희들이 주는 선물이로구나."
호랑이들은 절을 꾸벅 하고 조용히 사라졌어요.

*사립문 : 나뭇가지로 짠 문짝을 달아서 만든 문.

29

"은혜를 갚을 줄도 알다니,
정말 기특한 호랑이들이야."
의원은 크게 감탄했어요.
호랑이 부자*는 그 뒤에도
어려운 일이 있을 때마다 의원을 도와 주었어요.
그래서 의원은 더욱 열심히 아픈 사람들을 치료하고,
다친 동물들을 힘껏 돌봐 주었답니다.

*부자 : 아버지와 아들.

• 상상의 날개를 펼쳐요 •

은혜 갚은 호랑이

내가 만드는 이야기

아이들이 들려 주는 이야기를 들어 본 적이 있나요?
그 이야기 속에는 아이들의 무한한 상상력과 창의력이 담겨 있음을 발견하게 될 것입니다.
번호대로 그림을 보면서 앞에서 읽었던 내용을 생각하고,
아이들만의 상상력과 창의력이 표현된 이야기를 만들어 보게 해 주세요.

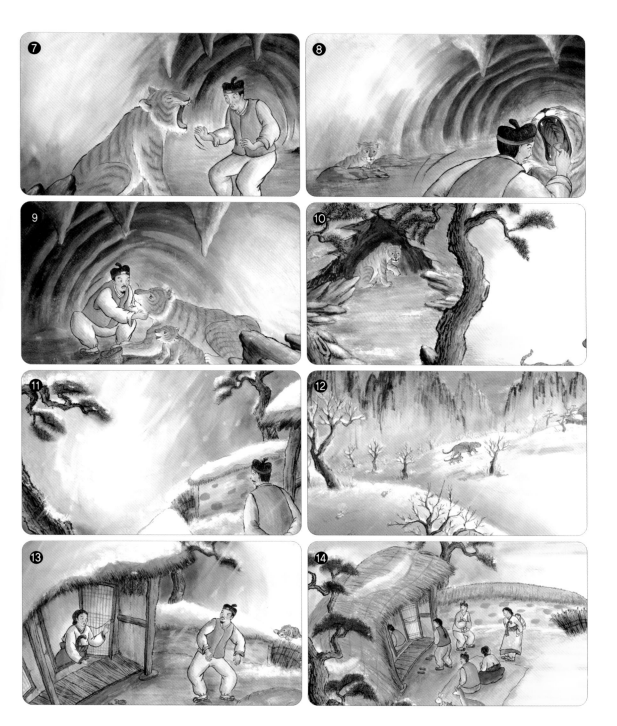

은혜 갚은 호랑이

옛날 옛적 은혜 갚은 호랑이 이야기

〈은혜 갚은 호랑이〉는 따뜻한 감동을 주는 재미있는 옛 이야기입니다.

아기호랑이가 의원을 찾아와 아픈 아버지를 고쳐 달라고 부탁합니다. 그 말에 의원은 산으로 올라가 위험을 무릅쓰고 아빠호랑이의 목에서 뼈를 빼 주고, 이에 감동한 호랑이들이 의원에게 먹을 것을 가져다 주며 은혜를 갚는다는 내용입니다.

옛 이야기에서 호랑이는 사람과 마찬가지로 따뜻한 정과 의리를 지니고 있는 것으로 나타나는데, 이에 관해 다음과 같은 또 다른 이야기가 전해 오기도 합니다.

옛날, 날이 저물어도 집에 돌아오지 않는 시아버지와 남편을 기다리던 며느리가 고개에 이르러 보니 호랑이가 술에 취해 잠든 시아버지를 해치려고 하였습니다. 며느리는 깜짝 놀라, 업고 있던 아들을 호랑이한테 던져 주면서 말했습니다.

"호랑이야, 배가 고프면 이 아이를 잡아먹고, 우리 아버님은 해치지 말거라."

며느리는 시아버지를 업고 집으로 돌아왔습니다. 이를 본 호랑이는 아이를 잡아먹지 않고 물어다가 동네 어귀에 놓고 갔습니다. 이튿날 아침, 이웃 사람이 그 아이를 발견하여 집으로 데려다 주었다는 내용입니다. 이 이야기 속에서 호랑이는 며느리의 효성에 감동하여 어린아이를 살려 준 영특한 동물로 나타납니다.

이처럼 옛 사람들은 호랑이는 인간의 효행을 돕거나 사람의 도움을 받으면 은혜를 갚는 동물이라고 믿어 왔습니다. 그래서 이야기 속에서 호랑이는 효와 보은의 동물로 묘사되기도 합니다.

▲ 기와집 대문에 그려진 호랑이 민화.